悪い兄さん

今野和代

思潮社

目次

ひかる兄さん　8

I　キメラになって

ながい橋　14
オラトリオ　18
ゆうやけのうた　20
ビターフルーツ　24
アジトの話　32
悪い兄さん　36
ワイルドパンチ　42

影と旋風　46
男　50
アパッチ　54
五島列島　56
声　60
SPRING RAIN VOICE　66

Ⅱ　カンタービレでいけ

サロメ　70
かなとこ雲　76
阿国　80
空に乱るる　86
マリア　90

野枝　100
午後の公園の定　106
金魚　112
私は七月の　116
厄災の赤ちゃんを　122
夏の幻　126

装画　木村タカヒロ
装幀　中島浩

悪い兄さん

ひかる兄さん

「かくめい　は　腐りました」

暗たん色の失つい。うつろ。

じゅくと、きょだつと、もんどりを、
喉いっぱいにふりつもらせながら。

「おれはもう名前で連なっているのではない」

どこまでも、ひとりぼっちの。お笑い芸人の。

（いやパルチザンの）

突っ込みを繰りかえす人。

と、反転する。

たちまち、世界がなだれてきて、逆さに吊るされている。

「想像もできない！」この地上の、キガの、幻になる。
そのひとつの黙劇を生きる。
惨劇でつぶされ、くり抜かれた眼《まなこ》だけを揺らして射ぬく。
もう一歩も遠く行けなくなった、ぬかるみの男の、脚だけで走る。
処刑され、石を投げられ、引きちぎられ、炎上だらけの、手だけで摑む。
「あんにゃ」
（いや「ショコショコショウコー」）よびかける子どもの私を視た、
年老いたおとこの暗いまなざしになる。
一九一七年十月の、
一九五八年十月の、
一九九五年三月の、
二〇一九年五月の、
敗れを知らない人のはるかに遠い前方の記憶を裂いて現れてくるものを、
街路樹よりも傾いて待つ。
乳房を嚙み裂かれ、群がる仔どもに埋もれながら、
「みんなあんたの種！」

微かに叫ぶ女の声を四つん這いになってきく。
(山人)を見た鷹匠の幻覚のやみがたさを胸におとす。
「おお、では俺は誰を殺したいのか」
日本の百しょうが(いいや非正規雇用者が)
(いや背中だらけの少年が)
鈍重な響きを発して打ち続ける棍棒。
その手作りの凶器を股にさげ、
脱腸患者のような足どりでさまよい続けている白昼夢者(いいやテロリスト)
みんな泣きたがっているから笑っている唄。
直訴嘆願のすえ斬首され、カッと眼を見開いている獄門の首。
迷妄の末、ボタンを押され、クイッと絶えた十三体の縛り首。
なる。
みんな存在したがるから散っていくシジマに。
眠りを知らない胎土に巣ごもる未生の卵に。
破船の青いあざに。
茫々霞んでいく一基の棺に。

余白を疾駆する真夜中のライダーに。
見たことのない明日の飴色の光の沼に。
幻を許すな。
（いや。幻を視よ）
ああ、私のひかる兄さん。
マボロシの。
つんのめりの。
死の歩行の。
（ちがう。詩の彷徨の）
「ドオシ」と「動詞」を
七転八倒のモダエにのたうたせて、
今日も歩いてくる。

Ⅰ　キメラになって

ながい橋

ながい橋を　渡る
ザンバラ髪の人が
白い　犬を　連れて
むこうから歩いてくる
いき倒れの魂が浮遊する空
うつろな　半欠け　のまま
痛いかなしみを　おしあげて
つきしたがって　くるものを
素早く　ポケットにねじ込む
私の　耳が　キャッチ　する

最も遠い　海峡の　潮騒まで
敏腕家たちの饒舌な円卓から
はるか離れた危険な斜面まで
老いた腹話術師の陽気な丸い
背中に潜む　秘密の暗号まで
逃げていく明日を追いかけて
沈黙に湾曲する音を吸いこむ
淡い発光体になって交りあう
かみきり虫のように抉りあう
ゴヤの兵士さながら叩きあう
甘い息に溶けながら擦りあう
暗い咽喉に　消えていくのは
遥かに揺曳する熱の破片の赤
兄さん狂騒は遠く去りました
煌きは悲鳴をあげて後退りし
刺草の家の住人の青い影法師

になって飼い慣らされていく
ラアラア突風を砕きながら
私が渡る未明のながい橋
逝った人は遠く揺れて
燃えあがりはじめる
火色の秋に耐えて
眠りに　抗って

オラトリオ

らぁーり
らあーり
らーれらー　歌ぅ人
くびれた人への鎮魂歌？
らぁーる　らーら
れーり　らーら　投げ活けの
黒百合薫る教会の　オルガン弾きの酔っ払い
ハライソなんかあるものか　サタンもマリアも
くそくらえ　わたしのなかの渦巻は
乱打の激しい旋律と

黙す悶えのアレグロと
光と影の　シラブルさ
焼けてく　焼けてく　夕まぐれ
クロスも　鐘も　神さまも
焼けてく　焼けてけ　カテドラル
焼けてけ　焼けてく　狂いの子
エチカも　懺悔も　悔恨も
ねじりん棒の　オラトリオ
火の子　ハレルヤ　痛みの子
ハレルヤ　ハレルヤ　福音も
焼けてく　焼けてけ
空と海

ゆうやけのうた

ゆうやけ
焼け　焚け
赦す　と言うな
燃えあがる一本の
ダリアの赤に　誓って
言うな　頭蓋に広がる
わたしの空は　啄木の
喀血みたいな　火傷の雲さ
逝った人が残してくれた薔薇酒
飲みのみ　暮れてく秋だ
さあさ　どうする

どうしょう　ひぐれ
ゆうやけ　焼け　焚け
じらじり　じらら
ぼうぼう　焼けてく　天草四郎
四郎　焼け　焚け　いかりの炎
讃美歌　届かぬ　呆けた空は
堕天使色した　あんずの雲が
ちぎれ　とぎれに　飛ぶばかり
わたしの目玉になだれて来るのは
ゆうやけぐるみの潮騒の海
ちかちか　点滅　嘆きの灯台
猫も　少女も　バイクも　ポプラも
蜥蜴も　バットも　コンピューターも
結婚式も　放課後も　町内会も
ラブホテルも　洗濯機も　時計台も
お墓も　義足も　轟々　呑みこみ

さらっていった　ゆうやけぐるみ
町ぐるみ　漬物石も　昨日の嘘も
やさしい男のまたぐらも　十字架さえも
唸り　呑まれて　悲鳴の濁流
逆巻く波濤のうねりの渦へ
鬼子母神のざくろみたいに
夕焼けていく
ゆうやけ
焼け　焚け
はないちもんめ
赦す　と言うな　コノハズク
生江三丁目のベランダで
泣いてるこどもの　まるい背中
マチュピチュ山の樵の子
身投げの谷のつり橋　揺れる
愁いと怒りの火だるまの

チベット尼僧の祈りの袈裟と
香港の壁に書かれた抗議の遺書よ
焼け　焚け　ちりっぷ　ちゃらっぷぱ
焚け　焼け　あっぷく　ちきりっき
まらるめ　めらめら　焼け　焼け　焚け
あっぷく　ちきりき　ちゃらっぱ　ぽう
ゆうやけ　ゆうやけ　焼け　裂け　焚け
焼け　焚け　ゆうやけ　ちゃらっぷぱ
さあさ　どうする　ママレード
飛翔の　一羽の
ヤマドリの尾を
緋色に染めて
ただれた空は
大きくわたしに
かがみこむ

＊川崎洋「ゆうやけの歌」引用の言葉あり

ビターフルーツ

もうとっくにいない人
今から一〇〇年もっと前の春
一九一五年のメリーランド州に生まれた赤ん坊
その少女の声は　やわらかく伸びやかで
甘いピーチの芳香になっていつも　人を魅了した

ダディが死んでしまう
神さま　助けて　救急車を早く
あの夜　路上を吹いていた恐ろしい風の音を痛い渦巻にして
しずめながら　更けていく

グリニッジ・ヴィレッジの夜

を　うたう　女

一九三〇年八月
アブラハム・スミスとトマス・シップが
縛り首になって樹木に吊るされているのを
ミーアポルというニューヨークユダヤ地区の牧師さんが新聞でみた
彼はソ連のスパイとして死刑になったローゼンバーグ夫妻の
残されてしまった子どもをひきとって育てていた
二人の黒人の無残な死
牧師ミーアポルはすぐ「ルイス・アレン」というペンネームで詩に放った
歌にして彼の妻が集会や小さな集まりの場所で歌った
「ビターフルーツ」というその歌は
グリニッジ・ヴィレッジのナイトクラブ「カフェ・ソサエティ」の支配人
バーニー・ジョセフの耳にも届いた
「カフェ・ソサエティ」の専属歌手になっていたビリーは

一九三七年からいつもステージの最後は必ずこの歌を選んだ
忘れられない記憶　遠ざかっていくサイレン
肺炎の末期　瀕死の父が黒人であるということで
病院にいれてもらえなかった　鈍痛の記憶を重ねながら
「ビターフルーツ」を歌う

南部には奇妙な果実が実る
血は葉にも根にも滴り
黒のボディが南部の風に揺れている
奇妙な果実がポプラの木に吊るされている
キラキラに溢れかえる光　緑に燃える南部の地上に
その飛び出した眼球！　苦痛にゆがむ唇！
甘い取れたてのマグノリアの香り？
突然　陽やけした　肉の匂いがして
その果実を　カラスが啄む
雨に打たれ　風に嬲られ

灼熱の光に爛れながら朽ち
はり裂けながら落下していく
それは奇妙な果実
酷い実りの

「刑事施設ニ於ケル刑事被告人ノ収容等ニ関スル法律第七二条」
「死刑ヲ執行スルトキハ絞首ノ後死相ヲ検シ仍ホ5分時ヲ経ルニ非サレハ絞縄ヲ
　解クコトヲ得ス」

平成最後の容赦ない夏の光線が
ジリギリゲラキラ沸点にあえぐ葉脈に照りつけはじめた
二〇一八年七月六日金曜日の遅い朝
神通力を駆使し心身を麻痺させてしまった?
裁判で一言も発さない　おむつの人
教祖松本智津夫　六十三才　吊るされる
同じ日に新実智光　五十四才　吊るされる

同じ日に早川紀代秀　六十八才　吊るされる
同じ日に中川智正　五十五才　吊るされる
同じ日に井上嘉浩　四十八才　吊るされる
同じ日に土谷正実　五十三才　吊るされる
同じ日に遠藤誠一　五十八才　吊るされる
同じ月の七月二十六日木曜日
林泰男　六十才　吊るされた
岡崎一明　五十七才　吊るされた
広瀬健一　五十四才　吊るされた
豊田亨　五十才　吊るされた
瑞本悟　五十一才　吊るされた
横山真人　五十五才　吊るされた

「奴らは二十七人ものいのちをポアしたんだぜ」
「当然　当然」
「まだ六千人の負傷者うち　多くの人たちが

後遺症にのたうちまわっている」

「ゴクアクヒドウノヤカラタチさ」

「これで殺されていった人たちが浮かばれる」

「新しい大御代が始まる前に一掃　一掃！」

「東京オリンピックがやってくる　血なまぐさいテロリストたちは
極刑！　極刑！」

日出ずる国の
狂った沸点の夏の
十三体のビターフルーツ
眼球がそりかえって
遠い幼年時代がピカチカ爆ぜて
反転する昨日の夢は真っ青な上唇に
ガチガチ嚙み切られて
封印された

橋ヲ架ケタカッタンダケドナア
オオ　真暗ナブ厚イ闇ガ近ヅイテ来ル
ソコヲ抜ケテ　アフレル光ノ人タチト
ドンナ時代ニモ硬直シナイ渡レル橋ノ……
きれぎれに　キ　レ　ギ　ギ　ギ　ッ
やむことのない声が
揺　れ　て

アジトの話

撤回！
テッカイ
嫌だ　カミさま
インク色に濡れる朝
しょっぱい塩のような
光の梯子階段を降ろして
空虚の速度で急降下して来て
頑なな胡桃を不条理の手で包み
忽ちふわりとまっぷたつに割ってさ
密やかに孤立するデコボコしたイビツの

独りぼっちの甘やかな実を取りだすように
蒼く眠る兄サンをゆらゆら揺り起こしたね
湧きたての泉の鮮烈さに澄む彼の眼差しが開き
人懐こい賢い眉が少し動いてどんな対話が始まった？
ダッダッダッと銃を撃つ真似をして背中をつんのめらせ
「俺たちに明日はない」のギャングのクライドみたいな素早さで
不敵に片目を瞑ってみせてそれから秘密のアジトの話をしただろ？
それから片羽根だけで飛翔するボロボロの破れかぶれのミヤマカラスアゲハ
の歪んだ透き通る微かな青が消えていく先のもっと遠いギザギザした一陣の風
に乗って飛行士たちが「行ってきます」「お母さん。ありがとう」とも言わないで
真昼野の水平線に消えた蛍火のような　吹雪の峠を行く　サンカの男の
忽ち消えていく足跡みたいな　一瞬のまあるい沈黙について
緑になだれる五月の川を一匹で昇っていく虹の鱗の魚
草を刈る老いた人を照らす雲の光線の柔らかな羽
ノックダウン寸前のボクサーが越えるロープ
ユーラシアを越えてく駱駝の背中の孤独

「いかさま師」の女たちの流し眼の先
イノチの触手をすっと伸ばして
もう少し　もう…スコ…シと
兄サンが対峙していた
熱と火照りと遠い声
揺れる物語の吐息
もうがらんどう
のからっぽの
テッカイ
撤回！

悪い兄さん

遠い
七才！
漏斗状に
渦巻く昼さがり
そのとき　兄さんは
ワタシ　私はニイサンに
たちまちなって　わたしたちは
走り抜ける　筋斗雲に　すばやく
飛び乗って　びしょ濡れの突然のスコール
にケタケタゲタカタ笑いながら凄まじい速度とデタラメ

の色彩で　次々はがれていく空と斜め
に消えていく春の旋律を片手で
ひっつかみながら　煤けた
煙で淡くにごる
運河の町を
よぎって
いった

明日の
輪郭なんか
てんで勝手に
鎮められない魂
のイガイガが　胸
のなかで　チクタク爆ぜて
いつだってわれらは　ヤサシイ
チチもハハも風のシーツにさらわせて

きままで　無謀な　みなしごのまま
駆けあがる城北公園の土手っぷち
きらめく光の空　その乳房から
無尽蔵に　七色にほとばしる
マリアのあまいミルクを
ゴクゴク飲む　渇きも
飢えも　群生して
揺れるあやめの
花芯の白が
するりと
吸った

目を
閉じて
アボリジニの
三角ブーメランになる

飛翔する燕の　裂ける玉虫色の
キラキラ濡れる尻尾を生け捕りにすると
首も背中もみどりに燃えて五月
の地上にピタリ着地できた
兄さんが　指さす先は
いつもアーモンドの
形に　グイと湾曲
して　不敵に
揺れた

ああ
兄さん
わたしたちが　舟で行く時は
どなりながら　凄まじい速度で　櫓を漕ぎ
狩人になれば　暴れ馬で　盗賊の日は　火縄の銃を胸に隠し
どこまでも　共に海原を　荒野を　危険な街を　駆けめぐっていった　けれど

あの朝　突然　さみしい狂信的な眼つぶしの母の愛に刺しつらぬかれた
兄さんは　翼を太陽でもぎ取られた　無惨なイカロスのように
退屈で　凡庸な　のっぺらぼうになって　失墜した
われら祝祭の秘密基地は　干上がり
ひびわれて　生きものの葬列を
呑みこんだ大洪水がたちまち
かっさらって
いった

どこ
私の
悪い兄さん
飢えを燃やして
地表の熱を吸って
夜を抜け出し　この世の錯誤の
酩酊など　ひるまず　踏んづけて

睨みながら　まぶた　涼しく　徒手空拳で立っていた

ワイルドバンチ

割れる
とやってくる
ざくろの夜
たった一人の南無阿弥陀仏
祈りの形
午後のにごりの
耳を隠して
誰にも
触られない
罪みたいにおぐらい

空洞をひそかに重ねる
なあ……なあ！　と
一回きりを装って
からだごとぶつかってくるうるさい呼吸
つくねんと懐手をしたままの旋律
狂気のように螺旋を描いて
棒杭の無慈悲さで
血を裏返す
アタタカイナア　兄さん
ほとばしる時間が
もう　ない
遠く　旅立つ
潤んでいく空
兄さん
さいなら　燕
兄さん

うちらの彷徨うこの地上を蹴りあげて
風に乗れ
光に乗れ
さいなら
兄さん
さいなら　燕
さいなら
ワイルドバンチ

影と旋風

もぎとられて
この地上に落ちた
神さまの林檎みたいに
甘い芳醇な魂を滴らせながら
蜃気楼めいたノスタルジーと
ママレードのほろ苦い悔恨を
明けはじめる平野の空の青にすばやく溶かせて
きらきら光る真白な夏雲の尻尾に飛び乗ると
駱駝と隊商とソマリア人とランボーが歩いた
砂漠アビシニアのアデンを越えハラルを過ぎ
きみはもう呼んでもふり向かない背中になった

ユーカリのおぐらい緑の木立を抜け
旅愁の石畳の街路を吹く風の音になり
ガリラヤの泣き虫のペテロの涙を拭くと
それから　高く　遠く　高度をあげて
澄みわたっていく気流に吸いあげられた
まるでデラシネの歌うたいみたいだったね
シーシュポスのたくらみとかなしみを
誰よりも深く知っていた
たったひとりの人にあうためには
獰猛で残酷で冷ややかな敵対者の戦慄と
うるんでうつけてとろけていく甘い共犯者の震えを
隠しながら秘めながら素知らぬ顔のトッポさで
相渉っていかねばならないことのひそやかな黙契
をストンと肺腑にしまっていた
八紘一宇大東亜共栄圏の軍帽を脱いで
やさぐれのようなクラウンのような

太鼓持ちのようにあたたかな懐手のまま
すれっからしを装うしなやかなやさしさと
涼しげなまなざしをわたしたちに投げかけて
螺鈿《らでん》の秘めやかな虹色に底光《そこひか》りながら
ニッキ水のほろ苦さで泡だっていく
逢魔が時の戦後の運河の大阪を
よぎっていったりもした
またこの国の地上には
底無しの無数の不吉な
見えないワナが布置され
途方もなく暗い影と旋風が
吹き荒れはじめている
呼ぶとたちどころに
熱い胸をおしつけ
またたくまに
どこかにいってしまう

きみが残していった
溢れるばかりの絵とオブジェと声
点と線とひっかき傷の背後から
くきやかに浮かびあがってくる
赤むけのタマシイの
おとこたち　おんなたち
船乗りや火夫やマリアや娼婦や
みなしごや病者たちの驚くほど透明で
鮮烈な光の大洪水とアリア！
天上のおそろしい沈黙が
きらめきながら落下してくる
今日のインディアン・サマーの午後
別れのように吐息のように
響きのようになつかしく手をふる
きみをわたしは
さがした

男

1

行倒れのように
大きな玄関の前でごろりとなっている
眠いけれど眠ってしまうと凍え死んでしまう
眠ラナイデオコウ瞼ヲ閉ジルナとおもうのだけれど
夢とうつつの間で　もうそれが夢なのか現実なのか
そこがニライカナイなのかインフェルノなのか
分からない　わからないところで恐ろしい夢ばかり
いつのまにか暖かい布団のなかで眠っていると　とつぜん
隣で寝ていた兄が布団のなかに入ってこようとする

私は水責めの刑で死んだ幽霊のような悲しい嗚咽を発する
すると兄は布団に入るのをためらい棒立ちになって
わかった　わかった　というふうに首を縦にふる
眠くてねむくて仕方がないのだけれど
眠ってしまうとその男　兄は
するりと布団に
はいってくる

2

二階の小さな部屋
うしろから抱きしめられている
その男が誰なのかわからない
みょうに声が懐かしい
わたしだけが裸になっている
斜めに倒されていくときにじぶんの肉体がみえた

わたしはこんな身体をしているのだな
こんな足のかたち　こんな乳輪
こんな色の腹とおもいながら
男が耳もとでささやくのだけど
とても眠い
音楽のように声をきいている
異界にたおれていくような

3

自転車に乗って風呂やに行く　初めての道　ゆったりと低い山が前方に広がっていて大きな川が流れている　どこか山科の風景に似ているなと思う　時計をみると　まだ正午にもなっていない　風呂やが開くのは二時だったな　気づいてひき返す　道が坂になっていて　凄まじい勢いでバイクや車が疾走していく　私の自転車もぐんぐん加速されていく　スピードに乗せられながら　もうブレーキが効かない　きっとこのまま谷底に転落するだろう　急に胸がきゅんとカーブして……　いつのまにか地下

の花屋の前に立っていた　薄紅色の見たこともない花を見つけた　花弁が長くて
果物みたいに花びらがびっしり巻いていて　蓮の花に似ている　ふと紡錘形のその花
びらを　食べてみたいとおもった　すると　鶴のように痩せて　小林秀雄に似た
面差しの男が　近づいて来て　ひょいとその花びらを　私の掌にのせてくれた
食べると　かすかに甘い　まったりまとわりついてくる感触　それでいてあおくさい
清新な匂いがした　なんて名前？　ふり向いて尋ねると　男は　消えてしまった

アパッチ

渡る
猫間川*
私の小舟が傾ぐと泥の泡沫《あわ》が渦を巻き
虚無のシルエットでお化け煙突が対岸に聳え立つ
幻の原っぱでは　オニタラビコ　アメリカフロウ
のぼろ菊　野芥子　ハコベ　ハルジオン　かたばみ……
繊毛の葉裏を震わせて亜鉛のさざ波から立ち昇る悪臭に抗っている
かすかな耳鳴りを合図に遠い時の骸を蹴破って現れてくる蜃気楼の男たち
キムの手のひらの懐中電灯が　ゲリラの光を放って点滅する
ヤンのツルハシの先端が北斗七星の不敵さで冷たく光る
若い張の腰のロープが不安げに揺れているのを

赤い持ち手の金鋸を背負った高山が見つけて
野卑た　野放図な　冗談を　耳元で囁く
鵺のような廃墟の闇が闇を飲み込んで
キリキリ螺旋のはりがねになって
締めつけてくる背中あわせの恐怖と震えを
マグマの泥川に放り投げて深く潜る
歯を食い縛る男たちが引きあげる
酒と飯と快楽の種のブツ　光の鉄塊　熱の戦利品
と　突然　一陣のハリケーンが荒れ狂い
たちまち焼け野の造幣工廠が掻き消えた
林立するＯＢＰ巨大ビル群の窓が
白昼夢の眩さで狂信的な
複眼の光線となって
私を射抜き
始めた

＊猫間川　大阪城の北で旧大和川水系に注ぎ旧淀川に入っていた。昭和32年に埋め立てられ消失した。

五島列島

1　たまのうら

たたら踏む　クラクラクラクラの葉月　おお
まくなぎも野良猫も雄鶏も鯉幟も来たんか
野原とっ小屋の夕ぐれわれら円陣の頭上を
歌いながら泡立ちながら消えていくものを
ラムネ色した泣きべそ半眼の月が見ている

＊まくなぎ　夏、人の顔などにまつわりつく小さな羽虫。
＊とっ小屋　千代田氏が全て自力で廃材を使い建てた小屋。電気なし。猫2匹と雄鶏3匹が棲みついている。男たちが三々五々そこに集まり酒や茶を飲み語りあう。

2　はまなつめ

磔になられた神さまと　波うつ髪の
マリアさまがひそやかなデフォルメの祈りのかたちで
ならず者　与太の　なけなしの　無惨の　われらの
罪と狂気をいっしんに背負われて
メランコリアの遠いまなざしで曝されておられた風の丘

3　とんとまり

とんがってトントン　トカト
ントンとんとまりのやせ赤蜻蛉
とまれ　わたしのかたに　おーい

まだきみは泳ぎつづけてる？　白鯨よ
流星としじまがしきりに落下する荒海を

4　さがのしま

ささくれだっていく　明日の羽
がらんどうの心を蛇腹に畳んで
のっぺらぼうの風の背なに乗る
しじまの鬼たちの胴間声の方位
まだらの空　オモンデーの足音

＊オモンデー　五島列島三井楽町嵯峨島の念仏踊り。

5　みずのうら

蜜と溶けてく胸の底
ズブロッカの酩酊の火酒と
野茨の棘にかくしてするり境界線ぬける
うつほと蒼穹と潮騒の真昼
裸形の魂の人といく

声

スニ
これは
一九四四年八月　クラコフ駅からアウシュビッツにむかう白い道
ロマの子が落していった　赤いカスタネット

チョン
これは
二〇〇一年　四月　ガザの南　ハンユニスで　爆破された四カ月の赤ちゃんの
スフの帽子　水色の白い縁飾りがついた

ジョンファ
これは
一九四五年　八月六日　快晴　閃光が走る　広島の朝　路上で倒れていた子の
水玉ワンピース

理紗
あれは
二〇一八年　二月二十二日　午後　「ママ痛いよ」と言う言葉すら覚えなかったまま
せっかんされて逝った足立区の子　生後二カ月の泣き声

キム
これは
二〇〇七年七月三日　「バチ《ゥッ》一つにつき一万円や」サトルから　リキヤから　シンスケ
から　コウタからの五十回目の罰ゲームの後　校舎の屋上から飛び降りた　神戸の
高校生の遺書の文字

チャ・ジヌク
これは
一九三七年十二月十五日　南京　血色に染まる　揚子江の川で
浮いていた　三つの子の玩具の龍の尻尾

チェ・スンピル
ここは
一九二三年　九月十六日　大杉栄　伊藤野枝に連れられた　六歳　橘宗一少年が
埋められていた　東京　大手町の古井戸

佳奈
これは
二〇〇四年四月　マラリア熱で苦しんだ　八歳ベネデクト君の葬儀の夕暮れ
アフリカ　ジンバフエに　届いた　ユニセフの青蚊帳

サンミン

かれは
二〇一〇年七月二十四日　五日間　シツケのため何も食べさせてもらえなかった十歳の
男の子が　おかかおにぎりを盗んだ　横浜の　コンビニの店長

偉輝
これが
一九五二年　秋に生まれた詩集『罌粟と記憶』　トランスニストリアの強制収容所で両
親を亡くし　自らもセーヌ川に身を投げた詩人「ぼくらは宙に墓をほる　そこなら寝る
のにせまくない……金色の髪マルガレーテ……灰色の髪ズラミート……」

ファン・ヒョンソン
これは
一九三七年　四月二六日　スペイン　ビスカヤのゲルニカで　フランコ軍の爆撃で死ん
だ子ぺぺを　ダミアンを　アニタを　パロマを　抱擁して　泣き叫んでいる母の涙の跡

ヨンシク

この花は
一九六八年　三月十六日　ベトナム　二歳グエンが倒れた　十三歳ホワンが蹲ってた
十六歳マイが撃たれた　七歳ダンも眠る　ソンミ村の丘に咲く　桃色の　ブーゲンビリア

ピカチカ鎮魂の瞬きみたいに点滅を繰り返す橙色のシグナル　いっしょに　いきたかったね　会いたかったね　遊びたかったね
歌のように　胞子のように　吐息のように　ダンスのように　満ちてくる
セビリヤブルーの夜あけの　青い影を微かに震わせて　死んだ子がいる　追われる子がいる　沈む子がいる　痛みの子がいる
ガラリアのマリアの泉の水はないけれど　ほら　四万十川のペットボトル　こっちにおいで　がぶがぶ飲んで　渇きを癒やし
孤独な　ちいさな額を　光の方角に向けて
海の無言　山の無言　父の　母の
無言に　小さな背なを撓わせながら
シリウスのあかるいまなざしを瞬かせて　ひょいと　背伸びして　つかめ

美しい　積乱雲の青空　光の
かかと　光の劇
じんじん　肩に　なだれてくる　なんと　しょっぱい　嘆きの狂想曲《カプリチオ》　だから
まぼろしのガッコを大きな森にして大人になあれ
一本のするどく発光するやわらかな鉛筆握ってさ
破天荒に　痛みには大きく傾くたましい　さんたんたる　嵐の日も
台風の眼みたいに　しんと青く澄んでいく
いかした胸をもった

SPRING RAIN VOICE

ねえ
きみ
こんな
夢をみたよ
きみはわたしで
わたしはきみだった
とつぜんきみは燃えはじめた
ベトナム戦争に抗議して自らが火の海になって
泳いでいった僧侶みたいに燃えながら深い瞑想の淵に
ひとりですべりおちていくみたいにわたしをおいてきぼりにして

ぼうぼうめらめら怒りとかなしみの眼でわたしを射抜くように燃えはじめた
わたしは泣きながら黒の上着を脱いで炎のきみを叩いて消そうとするのだけど
火のちからがごうごう凄まじくてもう手のほどこしようがない
倒れて火だるまになったきみをわたしは全身水になりながら
強く抱きしめるとどうしたことかふいにわたしはきみで
きみはわたしになってわたしはきみに抱かれていた
と思うともうきみは溶けはじめ潮の水になっていて
いつのまにかわたしは暗い夜の海を
泳いでいた　きみを呼ぶと
遠いとおい黒い岸が
かすかに光って
眼を凝らすと
燈台の灯
がみえた
わたしは
すぐきみが

あの燈台の灯だとわかった
雨が降りはじめた
泳ぐわたしの
まぶたに
春の雨
瞬くと
もうわたしは
無人の半島の燈台だった
船も走っていない死のように
さびしい海をきみが
泳いでくる
春の雨の
なか

Ⅱ　カンタービレでいけ

サロメ

ダンス
はだしの
ひとりの
ももいろの
朧うるみながら
溶ける八月光る淀川
の浅瀬に捨てても捨てても
たちまちあふれてきて苦しい息
ばかりしているまだらの喉

ダンス

はだしの
ひとりの
ももいろの
膿鳴きながら
通天閣のてっぺんまでじんじんあふれて
はじけるビリケンさん
夾竹桃の根元に捨てても捨てても
たちまちあふれてくる嘆きの吐息

ダンス
はだしの
ひとりの
ももいろの
膿うるみながら
トロトロの膿ねじられながら
ねばりつく八月酔いどれる

飛田本通商店街の路上に捨てても捨てても
たちまち増殖してきてウッウッ
悲鳴のうめき発してる

ダンス
はだしの
ひとりの
ももいろの
膿溶けながら
かすんでいく夏　大阪西成難波屋
のフロアーに捨てても捨てても
たちまち生まれてきて
かなしいうた歌う

細い棘をもつうちの金色
の髪あんたに巻きついて

くるくるしめつけて
ひっつかんで痛くする
ヨカナーン　いとしいヨカナーン
あんたがこの世界をたおして壊して
途方もない罪とカイラクのシャベルで
すてきな落とし穴地獄
をつくって待ちぶせてくれたら
どんなによかったろう

たのもしい山賊のようにこの世
のきしみをピカピカ
光らせて　極まるヤバン
の野性をギョロギョロ
響かせてさ

ヨカナーン　いとしいヨカナーン

ダンス　ダンス
はだしの
ひとりの
ダンス
ダンス

ヨカナーン　いとしい　ヨカナーン

ダンス　ダンス
はだしの
ひとりの
ももいろの
ダンス
ダンス

たのもしい海賊のようにこの世
のきしみをピカピカ
光らせて極まるヤバンの
野性をギョロギョロ
響かせてさ

ダンス
ダンス
ダンス

ひとさし指
しめらせて
風むきをはかって
るあんたの
首　討ち
おとす

かなとこ雲

立ちあがれない？
ん？　花びらになった？
銅鑼みたいに風が鳴る
どうよぎっていこうにも
もう明日はゆっくり薄緑の森の
静けさで遠のき始めている
いとしい腕《かいな》も
きみの呼吸も
好きなルドンの目玉も
ドレスデンの路地も

暗く　影のように揺らめいて
白い骨のように透きとおって
やわらかく耳の奥から
溶けていくのがわかる
はちみつの蜜の
甘い重力になって
ゆっくり沈んでいく
身体ごとさみしい
振り向くと
サンタマリアも
カテドラルも
あの日のかなとこ雲も
ブルースも
夢のなかで聞いた
レーニンの野太い声も
ロルカの腹に撃たれた銃声も

瞽女さんが一列になって歩いていく
エメラルド色した畦道も
ちいさなまるいノクターン
の旋律になって
はるかな遠い空に
わたしごと
吸いあげられていく
リミットさ
むっつりするな
カンタービレでいけ
春の闇にぬれていけ
鶺になって一緒に
跳ぶ声が
しきりに
耳元で
する

阿国

ポン
トゥ　タァー
ポゥ　ポク　タッター
トゥ　春の鼓の滲みの空を
うめきのようなたまごをはらみ
わたしのなかの　いなばの鳥は
「声に　生死の罪消えぬ　消えぬ……
消えぬ　罪消えぬ……」
とないて　ないて
飛ぶ

ポク
トゥータ
タン　カーン　トゥータ
ポン　春の響きの鼓のこだま
嘆きの波頭は　キュルピラ　光り
天上の青になって　わたしを照らす
「短か世の　人の心や……夢の……
夢の世を　うつつと住むぞ　迷いなる……」
迷い　迷え　と流れ　ながれ
照らす

くら　ぐら　傾ぐ
飢餓の床
くぐもり
うねる　狂いの黙し

震えの翅の
蝶の虹
　　　　痛みの渦の
　　　かたつむり
ルレラリッツ
ラリレリリッツ
テリラレッツラ
　　　　揺れ　揺れ
手負いの念珠水晶《ロザリオ》と
舞え　舞え
炎の人柱
　　　　鳴れ　揺れ
鉦よ　おもかげよ
トウ　　　タアター

ポウ　　ポク　　タッター
トウ　　　　　　　　京の河原の　さらし首
悲鳴の　雲飛ぶ　中空を
「まよいもさとりも　なきゆえに
知るも知らぬも　益もなき」
あわあわ翳る草の原
夢とうつつの
あわいの世
夕暮れひぐれの
濡れつばめ
旅の途中の
流線形
遠い火影の
その果ての
　　　野辺の煙のまだ　むこう
火の実　喰い　喰い

踏鞴《たたら》踏む

かのこまだらの

修羅の旅

ポウ

タッター　トウー

カーン　トウタ

ポン

空に乱るる

なまくさまんだばさらだ
せんだまかろしやな
そわたやうんたらたかんまん
うんたらたかんまん
なまくさまんだばさらだ
せんだまかろしやな

いたい　辛い　いたい　苦しい
止めて　少し　ほんの　あと　すこし　緩めて
そわたやうん　うんたらたかんまん

　うんたら　うんたら　かんまん　声の責め
揺れる　おおきく　傾いで　揺れてくる　いたみ

嘆きの深緑の　荒れ野では　不安のつむじになって　下草が燃え
月琴《げっきん》の　波打つ　弦の響きと　甘い夜の舌　に巻かれて
きみと破る　この世の結界　狂いのつがいになって　ものがたりが生まれ
海神《わだつみ》の胸よりも　深くお暗い　ひみつの洞穴　遠い南の果て島の
紅型の緋の色に　潤んで　沈んで　裂けていった
そわたや　そわたや　うんたら　かんまん
雷鳴のような　調伏の声を　くぐって
　滲んで　渦になって　消しても　ぬぐっても
耳鳴りのように　海鳴りのように
弾琴の激しい旋律になって　震えはじめ
る嗚咽　明けない　ぬばたまの　よ
る　底なしの闇　を抱えた肉　を離れて
わななく渦にさらわれる

がらんどうの虚ろが捩れて
たちまち　知らない
まだらの空に吸われ　君
を抜けて　君のいとしいひとの息を
夢魔の凄まじい影となって塞いでいるのは誰

翠玉色の胸が割れる　わたしのなかで　わたしが割れる　さけ
びの尾をながく曳いて　知らない　わたしが　空を翔る
とらわれの魂は　とらわれのまま
どこにもいけない宙吊りの闇で君を想う　裂けていくわたしのなかの血糊の声　シズ
メテ　アヤメテ　カノヒトヲ　凍ル夢ノ世界ニ　封ジコメテシマイタイ
夜ノ苦シミニ喘グ　ワタシノヨウニ　オモワレ人ヨ　砕ケテシマエ
新月の闇を縫って　かのひとの熱の肉に　わたしはスッと入る
　絶エダエノ息ノカナシミニ覆ワレヨ　うめいて撓って　わたしの鬼
　　喉笛をきしらす　冥府から吹く風の音に抱かれる　とたちまち
　へし折れて　悲鳴をあげて　孤島に生える火の実のように　闇

のうつつにとりのこされる　あいたい　あえない　もう　あわない
ついのわかれの火影がなげく　もうおちていくそこすらないよ
まるい　のっぺらぼうの　むげんが　わらう

なまくさまんだばさらだ
せんだまかろしやな
そわたやうんたらたかんまん
うんたらたかんまん
なまくさまんだばさらだ
せんだまかろしやな

マリア

マリア
中心の
ひとりの
彷徨
褐色の
盲目の
吃音の
暗い森
雷の胸

マグダラの
うるむ天幕
駱駝商人の
蜂蜜取りの
漁師の
乞食の
羊飼いの
樵の
ヨハネの

八つの
危険な
渦巻く
吐息と
波と舟の
ガーベラ色の
手のひらの
撓う
粒だってくる

街道の
休息
問いと
眠り
歌
火傷
颪
背骨
言葉

遠いものは青い
ブルージルコンより透きとおって
トルコ石の親密さで青の熱を揺らす
今日という　つかのまの永遠の　空の嘆き
あまたの街道が交差する　聖アルパクサデ辻に
立ちあげられた　たわむれと秘めごとの　テント
さざめく水面を鋭角に傾いていく　一頭の水牛の角
どこまでも明日にしなう　オークの若木と
夜あけのしじまの霧の白でつくられた
酩酊の砦を訪ねてくる

揺れる影
くぐもる声
ひとりの庭師の
ひとりの靴屋の
ひとりの牛飼いの

ひとりの陶器職人の
ひとりの船乗りの
ひとりの蝗売りの
ひとりの盗賊の
ひとりの………
わたしの
あまい
肉と
声

農夫Sの贈り物は
エメラルド色の香気たつ
オリーブの実と黄金の檸檬の籠
さあ　わたしは何をあげよう
笛吹き男Iがくれたのは
遠い知らない東の果て　緑の国の不思議な旋律

わたしは　何をしてあげよう
仕立屋Ｍの捧げもの
あけび色の絹のドレス　ニンフの羽根の奔放さ
春の霞のグラデーション　夢幻の軽さでわたしを包む
なにをあげよう　なにが欲しい
青銅の皿をさしだす鋳掛屋Ｔの
大きな手が好き　あつい胸が
わたしがあげられるのは　たったの一夜
道化師Ｏはわたしを眠らせない
フランク王国　王と王妃と虐殺の物語
闘いと改宗とかなしみと狂気に縁どられた大団円
トパーズ色の夜あけがくるよ
わたしは何をあげよう　あなたはなにをくれる？
鍛冶屋Ｒがもって来たのは
火の粉を浴びた透きとおる強い酒と予言
「おまえの前にもうすぐ現れるひとりの男によっておまえは救われる」

酩酊の淵にたちまち転落していく
熱くしめってくる男の声を　聞きながら
わ た し は……わ た し は …………

荒野からやって来るかれら
抱えきれない悪夢や怯え
流れる日々の疲労と困憊と痛み
妬みや罠　傲慢や桎梏から逃れて
試練と労働と爛れをくぐり抜けた
収穫と結晶と飛びっきりのドラマのエキスを
わたしに差し出しながら
旅装を解く旅人のように一夜の炎の祝祭に加わる
禁断の果実をさがすアダムとイブの
許されない罪びとになって
長雨の夜も
星祭りの夜も

ジャスミンの風が吹く聖カタリナの夜も
新月の翌日の砂嵐の夜も
梟の鳴く漆黒の夜も
にじりより
求めてくる
いとしい
腕　指
息

抱かれる

夜の

頂点

桃色鳩の化身になって

懇願の喉を鳴らしながら
あふれる蜜の深い中心から
裂けて蕩けていく
わたしの焔
なにを
あげよう
女神イシュタルの首かざりのような
七色の光の粒がきらめき波うつ金の髪の匂い？

わたしのなか　七つの暗い秘密のおののき？
潮騒になって押しよせてくる七つの怒り？
神も気づかぬ　わたしの七つの痛み？
はなればなれの　ひとりのわれら
もういちど　もういちどだけ
もっと声を　もっと肉を
やさしく　残酷に　くいこませて

まるいひとつの名づけられない
滴る熱の球体になって
ころがり堕ちていこう
闇が消える夜明けまえに
イエスが来る前に
別れの前に

野枝

一九二三年九月十六日
尖った重い歯車の光彩で
執拗な赤い泥の目を持つ
この世のテロルに
なだれるように
さらわれていった？

蒼穹に
蹴りあげられる　幻の
フットボール　その行方しれない

唐突で無防備な
約束しらずの
光のジグザグ線にも
するっと
沿う自由な
呼吸

みらいにさえ
たましいまるごと
えいえんの飢餓を孕む
孤島のアマゾネスみたいに
つよく射抜いてくる
まっすぐな眼差し

一《まこと》の母で　流二のかあさん
魔子に　幸子に　エマに

ルイズに　痛く　あふれる
いのちをあげ
生まれて
五十日ほどの
みどり子ネストル
を残したまま
暗転の世界を
クルンと
ターンして
激しい歌のように
駆けていった

なつかしい
けものの熱を
じゅうまんさせながら
いつも　いつでも

あまく　むせて　やさしく
滲んでいく乳の匂いの
していた人よ

夕暮れの火あぶりの　罵声や　石にも
飢死寸前の乞食の朦朧　雨の路上でも
嬲り殺しの取調室の真夜中の沈黙にも
死刑台にのぼっていく階段の傾きにも
がらんどうのからっぽを毅然と向けて

はるか
東灘の
もっと
むこうから
吹いてくる
塩からい

黒潮の
オゾンを
吸った
風の音を
聞いて
いる

午後の公園の定《さだ》

わたしは　紐をゆるめず　こころのなかで　かんにんしてね
と言いながらそのまま　キュウと絞めたのです

金色の蝶
飛翔のかたちして咲く
無数の花弁をしなわせながら
緑の幹を揺らす　金雀枝《えにしだ》の五月
浜松公園の空　いっそう遠い
空を吸いあげて井戸の眼の
青さでわたしから

遠ざかる

どこへ
いける
ここを
ぬけて

ヤケユウテクレルナ
末永ク楽シモウ
楽シモ……
イヤ
イ
イヤ
オマエハ
俺ノ………

オマエノタメナラ
イツデモ死ネル
カヨ*オカヨ　ドンナ
コトデモ　シテヤル
絞メルナラ途中デ
手ヲ離スナヨ
後ガトテモ
苦シイ
カラ

きち
きっつあん　吉蔵
いとしい　わたしの　獣
なんとふらちに　渦まいていく　狂気
あの雪の朝も　正午も　夕暮れも　夜も

ほの赤い秘めやかな生きものの嗚咽に溶けながら
甘く　残酷に揺らしてくる　おまえによって　くり返し　滅ぼされ
おまえの目に　やさしく焼かれながら　なんども　蘇生した
もう　どこにも　誰の胸にも　帰さない
藻の髪　桃色の舌をもつ　震える
めしいの　しゅらに　なって
約束も誓いもいらない
優曇華の花のうてなに
すばやく夢の速度で
おまえを　眠らせ
せんねんまんねん
おまえの匂いと
声とほてり
を頼りに
彷徨う

どう
どこへ
抜けよう
定吉二人
世田谷の空
銀色のひかり
さざなみを縫って
緋の破れ帆掛け舟が
わたしの内を響かせて
終わりが始まり
瞬間が永遠
のように
走って
いく

＊カヨ　阿部定の偽名。

金魚

ピイ
ピカピカピ
金魚の眼が光る
金魚の詩を読んでいると
わたし　金魚になっていた
同居人に　訴えるのだけど
鼻びらが　ひくひく動くだけ
プクンポアン声は泡ぶくになる
いつのまにかびっしり金色の鱗が
全身を覆いお腹がぽっこり膨らんで

たちまち鰓がはってきて呼吸しはじめ
尾先がねろりひらりもうわたしはランチュウ金魚になって
胸鰭と尾心でバランスをとって水中を遊泳しはじめている
「一部では……クライナ南部クリミア……半島の
……バクラバで……ロシア陸…軍が…
侵攻を…開始……という情報も……出て…来ました…
一部では……クリミア南岸……ヤールタにも……」
明滅するテレビのずっとむこうから
今にも戦争が始まりそうな緊迫した
早口の言葉で途切れ途切れに男や女の
複数の声が聞こえてきた
クリミア　ヤールタ！
わたしは一日だって幸せだったことはないし、今も
これからも決して幸せになりっこない
自身を罪の女だと男の胸で泣いた
チエーホフの物語の旅するアンナが

泣きはらした眼を毅然とあげて
歩いていく海岸沿いの町だ
ホテルのテーブルには
首の欠けた騎馬武者の像がついた
埃で灰色になったインク壺が静まりかえって
物憂く点滅する燈台の灯が揺れる窓ガラス
そのむこうからしきりにする男の声
始まったばかりさ　ハジマッタゾ
こんな囲いなどきっと……
もうあとすこしミミクロウ
俺たちは
まだその先の
はるかにウネル
とびっきりの
乱反射の旅に出るのだよ
ピイピカピイ

金魚の目が光る
藻が揺れる
ピイピカ
ピイ

私は七月の

その人
はいつ私の
名前を呼んだ？
やぶがらし
はぜ蘭　ひめじおん
猫じゃらし　蛇　蜥蜴　蟻ん子
芋虫も鴉も黄金虫もモモンガも夢も
眠る野のポケットに潜りこんで
野放図の呼吸のリズム
にやさしく揺られながら

まどろんでいた真夜中
ふいにツツッと
滴るように私の中の
まるいぬくみに逆流してきた
右にあふれ
ひだりにつんのめり
「いない方がいいのだ
おまえはこの世で邪魔だから
消えた方がいいのだ」
さざ波みたいに
透きとおった時が
部屋の向こうの階段
の手すりの斜面をすり抜けて
私を置いてきぼりにすると
睨むナイフの切っ先が私の
柔らかにわらわらおののく

咽喉首をえぐって来た

その人は肩を怒らせ
その目は　ああ　その目は
赤いサテンのツルツルした布地だった
憎しみがどこにも行き場のない
つぶ粒のいらだちと一緒に逆巻いて
焦りに捩れて泣きながら沸騰していた
「オマエハ　イナイ方ガ　イイ」その囁きは
本当は　激しい半鐘のように冷たい棘のように
その人の身体じゅうに突き刺さっていた
瀕死の野ネズミみたいに怯えながら
狂信的なマリオネットのように操られて
さかんに頭を振り胸を反らしながら
「死ね！　しね！　シネ！」
テラテラ光る

傷みの刺青を身体にまとい
この世界のシステムの巨大な陰嚢から
絞り出された痛い鮮血色したネクタイを
縊れるように首から垂らしていた

雨垂れになって
洪水になって
悲鳴になって
ひとりぼっちの
私の名前がなだれていく
私は七月の歌わないサラン
私は七月に目覚めているマルガレーテ
私は七月のガス室のズラミート
私は七月の運河に投げだされた泥まみれのシモーニュ
私は七月の奇妙な果実　吊るされたマリア
私は七月の不知火の海　水俣のゆき女

私は七月のゲルニカの母アデラ
私は七月の南京　夜明けの街の美雨《めいうい》
私は七月の広島の少女　菜実子
私は七月のチェルノブイリの森のターシャ
私は七月のゴザの瓦礫の地下室のレイラ
私は七月の福島の花嫁　晴香
私は七月の相模原やまゆり園の……
私は七月の……
私は……

厄災の赤ちゃんを

バスを待っているわたしに　　バスがきた　　ファミマの
角からヌッと曲がって　　こっちにぐんぐん向かってきている
バスを待つしかないので　　ずっと待っていた　　その我慢づ
よいうつむいた感情が　　みぞおちあたりからスルッと弾けて
甘い安堵の唾液が　　口いっぱいに広がった　　ゴクリ　　咽
喉を鳴らしながら　　足はもう　　やってくる　　バスのステップ
を踏み上がらんばかりに　　足踏みをしたがり始めた　　やっ
と来たね　　八月の　　緑のバス　　あ　　けれど　　と
ても　　とても　　乗れない　　すし詰めという言葉が不条理
のように　　バスそのものの塊になって　　はち切れそうに膨らん

でいた　カフカの物語のようなポーカーフェースの人たちが
ぎっしり窓ガラスに　扉に　拷問の静止の形で張りつけられて
いるように見えた　誰も降りることすらできない　ほ
ら無理でしょう　とんでもないほどこのバスには人がつまってい
るのだから　そんな冷ややかな無言の所作で　申し訳のよ
うにのろのろスピードを落とし　一瞬停止したかと思うとドアも
開かずにたちまちバスは去っていった　それからどれほどの
時が流れたろう　どうしよう　もう時間がない　タ
クシーも通らない　とても急いでそこに　行かねばならないの
に　せりあがって毛羽立ってくる焦りをなだめながら
息を止めるようにしてずっと　執拗にバスを待っていたのだ
と　夕暮れの向こうから突然疾駆してきて　ガタン　ピュル
ーン　キキキッと乱暴に音を立てながら青いバスが止まり　扉
が開いた　ゆっくり呼吸を戻しながら乗り込む　車内は思
いがけなく　がらんと空間が開けて　全開の窓から　暮れな
ずむ青い外気の冷たい風が吹き渡っている　仰天した

大人は運転席の横に棒立ちになっているわたし一人だけ　空
席もたっぷりあって思いおもいの席に　てんでバラバラ好き勝手
に様々な年格好の子どもたちが　座っている　二才になる
かならないくらいの　小さな女の子もいた　運転しているのが
小学校五・六年生くらいの男の子　しかも右斜めの車体の壁に片
足を乗っけて　隣の同じ年格好の少年としきりに何か議論しなが
らハンドルを握っているのだ　心はその議論の確信に集中し
ているのだけどたまたま運転をしているので　三半規管とバラン
ス意識は運転に向けている　といった様子である　乗車し
てきた私の存在などまるで眼中にない　わたしは動転する気
持ちを　前に　前に　転がすように進んで行った　座
席にぽつんと置かれている細長い籠が突然　目に飛び込んでき
た　覗いてみると淡いブルーのおくるみに包まれて　まだ
生まれてまもない様子の新生児の男の赤ちゃんが　もう泣くこと
もできない虫の息で　目を閉じている　抱きあげると唇を微か
に震わせて口をすぼめ　乳首を探すように小さく頬を左右に動か

した　わたしは咄嗟に服をたくしあげて　もう出るはずも
ないわたしの乳をその赤ちゃんに含ませてみた　冷たくなっ
ていたその子の体温がわたしの乳房やてのひらの熱でゆっくりすこ
しずつ　温まっていくのを感じた　最初　触れるか触れない
微かな吸う力が　しだいにクレッシェンドの強さに変って　わ
たしはわたしの秘所が　深い奥の渦の底から　うす桃色のにじ
みのように潤みはじめ　懐かしい　あの痛さで　乳がゆっく
り張りはじめているのに気づいた

夏の幻

私の夏！
深い濃緑のトンネルをつき抜けて
たった一日だけやってくる幻のこども達
ひとりはナント　ロアール河　五月の革命
の叫びと影から生まれた青い翼のグライダーで
六月蜂起　シャンブルリー通りのバリケードで
弾薬を拾いながら死んだ子は空のカヌーで
ナンパ・ラ峠をネパールに逃れる時
中国警備隊の銃で撃たれたチベットの子は
雪の反射のドローンに乗って……ギャングの子

原爆の子　波にのまれた子　折檻で果てた子……つぎつぎ
やってくるかれらはたちまち　町の子供と溶けあって
走りだす　歌いだす　追いかけあう
祭りの神輿の鳳凰の背によじ登り　鉦を鳴らすのは
小さな　みなしご　暴れん坊のわたし
ワタシハイルヨ　ココニイルヨ　一緒ニ遊ボ
あの日の傾きのまま楕円の時がしなって
生まれたての真昼が色とりどりのリボンになってそよぐ
死に続けている　明日の封印を
たたき割る

悪《わる》い兄《にい》さん

著者　今野《こんの》和代《かずよ》
発行者　小田久郎
発行所　株式会社思潮社
〒一六二－〇八四二　東京都新宿区市谷砂土原町三－十五
電話〇三（三二六七）八一五三（営業）・八一四一（編集）
FAX〇三（三二六七）八一四二
印刷・製本　創栄図書印刷株式会社
発行日　二〇一九年九月三十日